I0686092

SIMPLES OBSERVATIONS

AUX

PAYSANS

QUELLE EST LEUR HISTOIRE. — QUELS SONT LEURS AMIS NATURELS.

PAR

CHARLES CASSOU

PARIS

LIBRAIRIE DE PERROTIN, ÉDITEUR

PLACE DU DOYENNÉ, 3

ET BOULEVART MONTMARTRE, 22

1849

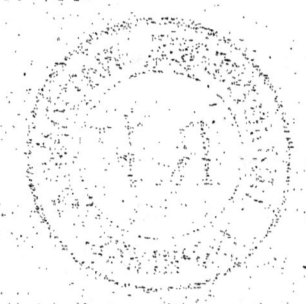

SIMPLES OBSERVATIONS

AUX

PAYSANS

I.

On nous raconte ici d'étranges choses sur vous. On prétend que vous êtes légitimistes, c'est-à-dire que vous désirez le retour de la famille de ces anciens rois qui, s'appuyant sur les nobles et les moines et se disant, par testament de Dieu, légataires universels de la France, la gouvernèrent pendant si longtemps comme leur bien propre, en disposèrent comme vous disposez de vos champs. Vous l'avez cependant laissée partir deux fois cette famille; une fois, il y a soixante ans, à la grande Révolution, et une seconde fois en 1830. Il faut que vous soyez de grands dissimulés, car votre joie, vos applaudissements à sa double chute, n'avaient pas l'air du tout de cacher des regrets. Cependant, on nous l'assure, vous bénissez dans vos cœurs, vous appelez de vos vœux le dernier venu de cette famille, l'enfant du miracle; Henri V enfin qui nous promet de si heureux jours embellis de corvées.

D'autres pourtant, qui prétendent vous connaître aussi à fond et lire couramment dans votre esprit tout ce qui s'y passe, disent au contraire que ce n'est pas ce nom qui vous apparaît dans vos rêves; et, comme tous les dévots ont leur saint et prêchent pour leur paroisse, c'est de Louis-Philippe qu'ils assurent que vous attendez votre salut : vous seriez même tout disposés à faire des folies pour le ravoir. Pour nous, gens simples, qui entendons bien tout, mais qui croyons que les hommes ne sont pas naturellement aveugles, qu'ils veulent toujours ce qui leur est bon et un peu ce qui est juste, nous, républicains, car il faut bien vous dire que nous le sommes, au risque de blesser vos sympathies, nous pensions que Louis-Philippe n'avait été regretté que par les fournisseurs et les domestiques des Tuileries; Louis-Philippe avait une si grande famille que ça se conçoit. Mais vous qui ne le connaissiez que par les pièces de cent sous sur lesquelles il avait fait graver le plus possible sa figure, pensant sans doute arriver plus facilement de votre bourse à vos cœurs, — et encore vous n'en avez guère de pièces de cent sous, car elles vous servent à payer l'impôt; — vous qui saviez à peine d'où il venait et quels droits il avait au trône, quelle subite tendresse pouvait vous prendre? A moins que vous n'eussiez été charmés de voir le duc de Nemours que son père faisait voyager dans toute la France pour habituer les populations à ses cheveux blonds, à son air raide et gauche, à ses discours qui commençaient et finissaient toujours par *nonobstant*, un mot éloquent et aris-

tocratique, mais que vous ne comprenez pas sans doute.
Les Parisiens, eux, l'avaient vu souvent dans les premiers
temps de son règne se promener dans les rues un para-
pluie sous le bras quelque temps qu'il fît, car il était
prudent, disait-on, et craignait toujours une averse; si
prudent même que, s'il fallait en croire les mauvaises
langues, il aurait gardé pour ses vieux jours de quoi
mettre quelque chose sur son pain et l'arroser un peu.
Eh bien! les Parisiens vont et viennent, travaillent et
s'amusent sans paraître s'apercevoir que le roi-citoyen
leur manque.

Quant aux Bourbons, rentrés deux fois en France dans
les fourgons des Russes et des Anglais, il y a mille raisons,
ce semble, de croire que vous ne les aimez pas plus
que nous; mais on s'obstine, et on affirme bien résolument
que vos sentiments sont connus, que vous voulez un
Bourbon ou un d'Orléans et peut-être tous les deux;
deux têtes dans une couronne, deux rois à la fois, ce ne
serait pas trop mal pour se dédommager un peu d'avoir
passé un an dans la disette de royauté. La raison que vos
nouveaux amis donnent de vos intentions est sans répli-
que, il faut l'avouer. Vous avez voté, au 10 décembre
dernier, pour Louis-Napoléon Bonaparte. Évidemment,
voter pour Napoléon Bonaparte c'était voter pour les
Bourbons dont Bonaparte prit la place aux Tuileries et
qui le chassèrent à leur retour; voter pour Napoléon Bonaparte, c'était aussi voter en faveur de Louis-Philippe
qui fit enfermer le président actuel de la République au
château de Ham, et ne permit jamais aux membres exilés
de la famille de l'empereur de rentrer en France. Une

chose m'étonne, c'est que Louis Bonaparte n'ait pas deviné vos sympathies aussi bien que vos bons amis les nobles anciens et nouveaux et qu'il n'ait pas déjà rendu, selon vos désirs, ses rois légitimes à la France. Ah! c'est que peut-être il aura voulu bien faire les choses, en grand prince qu'il est, et qu'il aura attendu d'avoir fait clouer quatre planches ensemble et de les avoir recouvertes de velours cramoisi pour remplacer le trône brisé par le peuple en Février. Cela fait, n'en doutons pas, il ira prendre par la main un des sires futurs et, le conduisant au pied du trône, le priera de s'y asseoir.

Pourtant, voulez-vous que je vous dise ma pensée? je crois que le président de la République se résignera, sa conscience dût-elle en souffrir un peu, à garder le pouvoir que vous lui avez confié, et que vous garderez, vous, par le suffrage universel, le droit de faire et de défaire les rois ou les présidents. C'est un plaisir que vous voudrez partager avec les Parisiens, ces terribles ouvriers en révolutions qui ne vous laissaient rien à faire. Nous resterons donc en République? Oui, sans doute, et vous verrez que vous vous en trouverez bien. Oh! pour le coup, non, reprennent vos amis les nobles. « L'élection du 10 décembre (toujours cette élection du 10 décembre!) ne signifie rien ou signifie : à bas la République. » Voyons, voyons. Par suite de la commotion apportée dans les affaires, c'est vrai, vos blés et vos vins se vendent mal; vos légumes, vos œufs et vos volailles vous rapportent dans le creux de la main un peu moins de cette menue monnaie qui vous servait, comme le sel, à arroser votre pain de la semaine, et à passer à vos femmes et à vos filles les fantaisies de quelques articles de toilette. Et puis vous avez toujours sur le cœur ces vilains quarante-cinq centimes dans lesquels vous voyez toute la Révolution. Vos nouveaux amis, qui ont de bonnes raisons pour détester la République et qui voudraient bien vous entraîner dans leur haine pour elle, ont bien soin de mettre entre vous et elle leur main pour que vous n'aperceviez pas la lumière de ce nouveau soleil de justice qui se lève, et que vous voyiez toujours ce malheureux impôt. Ce n'est pas vous, ce sont eux, eux qui ont de quoi le payer, eux sur qui la République aurait pu faire peser les conséquences de la gêne du trésor qu'ils avaient amenée, qui ont crié le plus fort; vous n'avez crié qu'après eux et à leur exemple. Vous aviez accepté le sacrifice, vous aviez compris que la République devant tourner au profit de tous, tous devaient payer le bienfait de la liberté en proportion de leurs forces, et faire les frais du baptême politique ; mais des langues perfides sont venues vous dire que cet impôt était votre ruine, que ce n'était que le prix du salaire payé aux émeutiers, et qu'il ne ferait que croître. Pour mieux s'insinuer dans vos cœurs, ces hommes qui vous méprisaient hier se sont assis près de votre feu, sous le manteau de votre cheminée, ils ont eu l'air de s'intéresser à vos travaux, de vous plaindre, d'exalter vos souffrances, et c'était pour vous faire crier. Il y a plus, quelques-uns vous ont engagés à résister, à ne pas payer, vous promettant de ne pas le faire eux-mêmes. Mais, au jour donné, il se trouvait qu'ils avaient payé et que vous étiez seuls tracassés par le gouvernement, ce qui augmentait encore vos mécontentements; double joie pour eux !

Et pourtant, à quoi servait ce surcroît d'impôt? à payer les dettes de la monarchie, les fautes du gouvernement de Louis-Philippe. La royauté aurait duré qu'il eût fallu en venir là un peu plus tard. Le gouvernement de Louis-Philippe et de ses complaisants, de ceux qui se disent vos défenseurs aujourd'hui, semblait se faire un plaisir de creuser tous les jours, par de folles dépenses, un abîme pour y faire trébucher toutes les réformes. Il était dans la situation de ces maisons qui passent pour riches et ne vivent que d'emprunts; on ne sait qu'à leur fin le fond des choses. Un proverbe de notre pays dit, sauf votre respect, que : du porc et du marchand, on ne connaît le ventre qu'à la mort. Pendant la vie, ces marchands tirent parti de leurs embarras mêmes; à tous les créanciers qui leur réclament, ils disent : Si vous me poussez, vous me ferez tomber, et, tout compte fait, tous créanciers appelés, il ne restera rien pour vous. Mais, au moins, leur réplique-t-on, restreignez vos dépenses. — Nous ne pouvons pas, on n'aurait plus confiance en nous et on ne nous prêterait plus. Voilà pourquoi le gouvernement de Juillet repoussait toutes les améliorations en faveur du peuple, toutes les réductions dans le budget, livrait la France à quelques habiles qui vivaient de ses embarras et de ses désordres, et comment, le maître parti, les caisses de l'État se sont trouvées vides. Voilà pourquoi la nation, désormais appelée à se gouverner elle-même, a dû faire les frais de son installation.

Certainement, vous avez payé un peu cher le droit d'être électeurs, de nommer vos administrateurs, de vous gouverner vous-mêmes. Et combien plus cher l'ont payé les ouvriers qui ont perdu leur industrie, leur activité, obligés d'assister les bras croisés à la misère de leur famille; mais souvenez-vous de cette fable des deux chiens: l'un, gros et gras, bien nourri, bien peigné, se moquait de l'autre qui était un peu maigre, et il lui vantait les douceurs de sa position. Le maigre écoutait attentivement en se léchant les barbes à travers lesquelles ne passaient guère de bons morceaux, et il se prenait à envier le sort de son compagnon : — Viens donc un peu par la ville, nous causerons ensemble, finit-il par lui dire; mais l'autre répond : — Je ne puis sortir que lorsque mon maître m'emmène. Ne vois-tu pas cette corde qui mesure mes pas de ma niche à mon écuelle? Le chien maigre était libre et allait où il voulait, il s'aperçut alors que son compagnon avait le cou pelé par le collier, envia moins les charmes de l'embonpoint et s'en fut en gambadant comme s'il eût mieux goûté le bonheur de la liberté. Ah! si la corde n'eût retenu l'autre, comme il aurait couru après lui!

Et vous-mêmes, quoique les poches un peu légères peut-être, ne levez-vous pas plus fièrement votre tête depuis que vous savez que le pays fait un appel à votre raison, à votre conscience; que c'est de l'usage que vous ferez de vos droits que dépend le bon gouvernement de la France; que vous avez une responsabilité devant Dieu et devant les hommes; que vous n'êtes plus seulement des travailleurs attachés à la charrue, à la glèbe, mais des magistrats appelés à appliquer la loi comme jurés, à la faire comme électeurs par les représentants que vous nommerez; que la chose publique n'est plus l'affaire de quelques-uns, mais la vôtre? N'éprouvez-vous pas quelque orgueil à vous sentir l'égal du riche bourgeois des villes, du riche propriétaire des campagnes, du noble; à sentir que vous valez un autre homme, que cet homme soit avocat ou général, noble ou rentier, que votre vote pèse autant que le sien dans la balance?

Hier encore, si vous aviez été tentés de dire un mot de politique, de parler légèrement de votre député qui enrichissait lui et sa famille à l'aide de son mandat, on vous eût dit : Braves gens, sarclez vos blés, échenillez vos arbres, plantez vos choux et laissez là les affaires publiques. C'est à peine si le gros électeur, trottant sur sa monture pour aller voter à la ville voisine, vous eût adressé un sourire protecteur. Mais, aujourd'hui, vous votez comme eux, et ces mêmes hommes, qui vous dédaignaient hier et qui ne se soucient guère plus aujourd'hui de vous qu'autrefois, viennent courtiser vos suffrages et tirent de loin leur chapeau au bulletin électoral que vous tenez dans la main. Ils vous proclament grands, consciencieux, généreux, spirituels; vous seriez bossus ou borgnes qu'ils vous trouveraient beaux comme des anges. Ils vantent maintenant les bienfaits du suffrage universel qu'ils ne vous auraient jamais donné, qu'ils ont toujours repoussé, prétextant qu'il y aurait danger à remettre une arme si puissante entre les mains des ignorants et des pauvres, et soyez sûrs qu'ils vous le reprendront aussitôt qu'ils le pourront.

Eh bien! qui vous a donné ces droits, qui vous a fait hommes, qui vous a pris courbés vers la terre par la préoccupation matérielle de la vie et vous a donné

une raison, une intelligence à exercer? Qui? la République. Voulez-vous donc, parce que le passage est difficile de l'humiliation à la liberté, imiter les Juifs que
Moïse conduisait vers la terre promise, et qui, décou-
ragés par la vue du désert à traverser, demandaient à
retourner en arrière vers la servitude et les oignons d'É-
gypte? Voulez-vous retourner sous le despotisme maté-
riel et moral des rois, des nobles et des riches? Ah! si
vous pouviez entendre les lamentables récits de vos pères,
de ces générations de paysans qui vous ont précédés sur
ce sol que vous cultivez après eux, et qui ont mêlé leurs
sueurs, leurs ossements, leur poussière, à la glèbe de vos
champs. Ah! si de cette terre que vous fendez et re-
tournez avec le fer de votre charrue s'exhalaient toutes
les plaintes, tous les gémissements du passé; si les mille
voix des générations éteintes pouvaient vous raconter de
quelles misères, de quelles humiliations était faite la vie
des paysans pendant près de deux mille ans, nous ne
craindrions pas pour vous les séductions, les conseils de
vos nouveaux amis; car chacune de ces voix vous crie-
rait : Défiez-vous de ces hommes! ils furent toujours nos
ennemis; saluez avec amour la révolution et la République, car c'est d'elles que datent vos libertés.

II.

Cette histoire que vos pères vous raconteraient, si la
poussière de quinze siècles pouvait se ranimer, nous
vous la dirons, avec moins d'éloquence qu'eux, parce
que qui n'a pas enduré leurs misères ne peut avoir leurs
larmes dans la voix, mais avec autant de tristesse. Vous

n'êtes pas en effet nés d'hier ; comme ces nobles qui se
glorifient de porter depuis des milliers de siècles le même
nom, vous avez, vous aussi, une longue suite d'ancêtres, et ça fait toujours plaisir de penser qu'on n'est pas
né comme un champignon le lendemain d'un jour de
pluie. Vous avez précédé de beaucoup dans nos campagnes les nobles et les rois, car tous les conquérants
viennent de l'étranger. Vous êtes les vrais fils de la terre
de France, et les savants qui, avec tous leurs livres, ne
savent d'où vous vîntes la première fois, vous appellent
autochthones, ou fils de la terre même. Mais vous n'avez
pas conservé les parchemins de votre race ; vos pères ne
savaient ni lire ni écrire. Les nobles, il est vrai, ne savaient pas davantage ; mais ils avaient de quoi payer des
hommes de loi et des écrivains qui tenaient la main à
leur généalogie. Quant aux paysans, le fils s'appelait
tout simplement du nom de son père, sans s'informer de
ce qu'avait été le grand-père. Du reste, les actions étaient
les mêmes ; leur noblesse était la roture, c'est-à-dire rup-
ture de la terre, et ils n'avaient guère d'actions d'éclat à
transmettre en souvenir. Qui fait beaucoup parler de soi
n'est pas toujours le plus honnête homme, et malheureusement le monde est ainsi fait qu'il faut avoir fait du
mal aux hommes pour graver son nom dans leur mémoire. Ainsi autrefois, du temps où l'on ne savait guère
lire, où l'on ne savait pas dresser des contrats, quand on
voulait faire une vente, on faisait venir deux enfants et
on leur appliquait deux vigoureux soufflets pour qu'ils
gardassent bien la mémoire du jour, de l'acte conclu,
et qu'ils pussent en témoigner plus tard. C'est ainsi que

les nobles, qui ont tant harcelé, tant enfoncé leurs éperons dans les flancs de la pauvre bête des campagnes, ont conservé une si fatale popularité. Sans doute une statue est une belle chose, mais c'est au piédestal de dire ce qu'elle pèse. Les paysans furent pendant des siècles le piédestal des seigneurs.

Les classes industrieuses et agricoles ne figurent guère dans les volumineux écrits de nos historiens aristocratiques; on ne les y entrevoit guère qu'à travers les nuages de poussière soulevés par le cortége royal ou les chevauchées des barons féodaux; et quand elles apparaissent par intervalles, par accident, c'est toujours pour jeter dans ce monde officiel si élégant, si repu, si joyeux, un long cri de misère, de faim, parfois aussi un cri de révolte et de guerre, cri désolant et sinistre qui se répète de siècle en siècle comme la voix de Dieu demandant justice à la terre.

La première fois que les paysans le poussèrent, ce fut il y a près de seize cents ans. Les Romains étaient alors les maîtres du monde. Tous les peuples avaient courbé la tête sous le même joug; notre pays avait subi la commune destinée. Les habitants des campagnes étaient divisés en plusieurs classes, mais ces classes n'étaient que des degrés dans la servitude, et les noms d'*inquilini*, d'*aratores*, de *tributarii*, d'*originarii*, d'*adscriptitii*, qu'ils portaient dans la langue des vainqueurs, dans la langue latine, cette même langue dans laquelle le curé chante la messe et les vêpres, ne signifiaient tous qu'une même chose : esclaves. Les maîtres s'étaient partagé la terre par grands lots, et, l'abandonnant aux soins de leurs fermiers, ils s'en allaient vivre dans les villes de plaisir et de luxe. Les riches récoltes servaient à entretenir leurs gras loisirs. Pour les paysans, il n'y avait que les maigres épis, les grapillons qui restent après la moisson et la vendange. Si quelque petit propriétaire conservait encore quelque morceau de champ, il finissait presque toujours par en être expulsé par un riche voisin. Par dessus ces maîtres, il y avait les ambitieux, généraux farouches et inhumains qui visaient à s'emparer de la couronne impériale. Le monde était sans cesse parcouru par des armées qui allaient soumettre les rebelles ou faire proclamer leur chef empereur. Partout des batailles, des dévastations. Une année il y eut trente tyrans à la fois. Souvent on prenait les paysans sur le passage de l'armée, et ils allaient tenir les cartes pour tous ces ambitieux qui se disputaient un manteau de pourpre. Le jeu joué, ils retournaient à leurs champs, labourer pour celui qui avait gagné la partie. Jugez de ce que devenaient les champs, les blés, l'herbe, constamment foulés, piétinés par ces bandes armées. Pourtant il fallait toujours payer le fermage; après le fermage, l'impôt.

La misère était si grande qu'elle toucha même le cœur d'un de ces tyrans qui s'était emparé de la Gaule. Soit que ce fût un jeu, un exercice pour son imagination blasée, soit qu'il ressentît réellement la tristesse qui débordait de sa plume, Postume-le-Jeune (c'était le nom de cet empereur) s'attacha à exposer avec les plus sombres couleurs la guerre du riche et du pauvre. On eût dit que toute l'amertume des malheureux était passée dans son âme. Il se plaisait à placer le riche et le pauvre en

regard comme des ennemis naturels à qui tous les moyens
sont permis pour se nuire, la fraude, la violence, le
meurtre; à peindre la dépossession progressive du faible
et du timide par le voisin puissant et insatiable, l'accrois-
sement envahissant des grands domaines qui marchent
comme les flots de la marée montante, englobant champs,
forêts, rivières, villages. « C'est peu pour le riche, di-
sait-il, que d'ajouter sans cesse champs à champs, forêts
à forêts, que de chercher, comme les nations, des fleuves
et des montagnes pour frontières; il faut que de partout
il chasse le peuple et n'arrête le flot de sa propriété que
là où il vient heurter la marche d'un autre riche qui
s'avance sur lui. Les paysans n'ont plus d'héritage; ce
qui suffisait à la nourriture d'une cité est devenu le parc
à bétail d'un seul maître. » C'étaient presque les paroles
d'Isaïe criant : « Malheur à ceux qui joignent maison à
maison, champ à champ, jusqu'aux limites du pays. »
L'empereur romain ajoutait bien d'autres choses violem-
ment tristes, mais je ne les rapporterai pas, vous croiriez
que j'invente. Malheureusement elles étaient vraies, et,
las enfin de souffrir, d'être torturés par les grands propriétaires, les soldats et le fisc, les habitants des campagnes se révoltèrent un jour contre tant de fléaux. La fa-
mine avait tué les bestiaux ; les moissons étaient foulées,
les greniers vides ; ils quittèrent par bandes la terre qui
ne pouvait plus les nourrir; ils brisèrent leurs charrues
pour se faire une arme du soc, prirent en main leur faulx,
et, montant sur leur dernier cheval de labour, se mirent
à tout ravager autour d'eux avec rage ; ils coururent
dans toutes les directions, pillant, massacrant. Ils res-

semblaient au spectre de la faim qui passe, et les portes des villes se fermaient partout devant eux. Ils formèrent bientôt une armée de misère, et imitant, par une singulière bizarrerie, les formes du gouvernement d'alors, ils se nommèrent des empereurs, empereurs en haillons comme les sujets, n'ayant que l'ombre des forêts pour abri, le sol pour couche. Leurs ennemis les appelèrent *Bagaudes*, comme qui dirait vauriens ou pillards; plus tard on appellera *Jacques* ces mêmes révoltés des campagnes.

Chose étrange! ces bagaudes furent confondus avec les chrétiens. La foi religieuse des adorateurs du Christ venait de pénétrer dans la Gaule. Par leurs affiliations et leurs sociétés secrètes, les chrétiens, actifs et pleins d'enthousiasme, avaient formé plusieurs noyaux d'opposition à la société d'alors; ils prêchaient l'égalité des hommes, la réhabilitation du pauvre, le mépris des dieux adorés jusqu'alors et des oppresseurs de l'humanité. Le gouvernement et les hommes puissants dont toutes les théories nouvelles troublent ordinairement la tranquille somnolence, avaient naturellement pris ombrage de ces hardis apôtres, et ils accusaient leurs églises d'être des antres d'orgies et de débauches, leur culte d'être la conspiration sourde d'ennemis publics, de démolisseurs farouches. On les persécutait donc à outrance, on leur donnait la chasse, comme à des bêtes féroces, dans les forêts où ils se réfugiaient. L'histoire de l'Église est pleine de ces persécutions. Pour tout dire, les chrétiens n'étaient guère mieux vus dans l'empire romain que les républicains chez nous sous Louis-Philippe. Les gouvernants, voyant dans la révolte des bagaudes comme une application par les armes des théories qu'ils croyaient être celles des chrétiens, confondirent bagaudes et chrétiens dans la même haine. Le parti chrétien, qui ne demandait pas mieux que de faire cause commune avec tous les malheureux, et qui, encore petit, voyait là un moyen de faire croire à sa force, accepta l'assimilation et la solidarité, et plus tard, quand le christianisme eut triomphé, l'Église, faisant le dénombrement de ses martyrs, rangea les bagaudes parmi ses saints. Elle vit en eux des victimes de la justice humaine défendant les armes à la main leurs croyances, des vengeurs des mœurs publiques, des protecteurs de la veuve et de l'orphelin. Quand ils eurent succombé sous les coups des généraux romains dans un château fort près de Paris, la piété chrétienne vénéra le lieu de leur défaite et bâtit sur leurs ossements, avec les ruines pieuses de la forteresse, le monastère de Saint-Maur-les-Fossés. Demandez à votre curé de vous lire la vie de saint Babolein, vous y verrez tout cela.

Tel est le premier chapitre de votre histoire. Vous voyez que la vie du paysan était dure et triste au troisième siècle de notre ère; elle ne devait pas de longtemps s'améliorer. Les maîtres vont changer, son sort ne changera pas. Un moment pourtant il lui fut permis d'espérer. Le christianisme avait apporté dans le monde des principes d'amour et de justice; il semblait avoir adouci les cœurs, éclairé les intelligences. Aux riches il prêchait la mansuétude, aux malheureux la résignation, et entr'ouvrant aux yeux de ceux-ci un coin du ciel où il leur faisait entrevoir une éternité de joie et de repos, il les aidait à supporter les fatigues et les souffrances de cette vie.

Mais alors accoururent du côté de l'Allemagne des hordes de peuples à l'œil féroce, aux habits de peaux de bêtes, de sangliers et de renards, aux haches d'armes sinistres. Ces hordes, qui avaient vécu jusque-là dans les brumes des marécages et dans les forêts du Nord, prirent goût volontiers à notre belle terre des Gaules, couverte de bestiaux, de jaunes moissons et de doux fruits : ils s'y établirent sans plus de façon. Ils n'étaient pas communistes ceux-là, comme on dit aujourd'hui des rares partisans d'une secte insensée ; ils ne partagèrent point avec les anciens possesseurs, ils prirent tout.

A bien regarder les choses, qu'importait aux paysans cette conquête? Que les terres passassent dans telles mains au lieu de rester dans telles autres, il est un terme dans la servitude après lequel une nouvelle souffrance n'est plus un mal, et les paysans y étaient arrivés. La bête de somme ne s'enquiert pas pour qui elle traîne son fardeau. Cependant la patrie est la patrie, et les laboureurs sont les fils du sol. Ce furent, avec les ouvriers des villes, les seuls qui protestèrent contre cette invasion. La classe moyenne et riche, par sa mollesse et son indifférence, en fut complice, car il eût été facile, ce semble, de donner la chasse à ces barbares. Leurs bandes étaient bien peu nombreuses ; celle de Clovis, leur premier roi, ne se composait pas de plus de cinq mille hommes.

Ces Barbares s'appelaient Francs, c'est d'eux que notre pays s'appela la France. Plus tard, ils se qualifièrent de nobles pour se distinguer de la nation. Des nobles, ces

fils des marais et des forêts, farouches comme des bêtes
fauves, ignorants comme des grues, parlant de la gorge,
ne sachant qu'une chose, frapper leur bouclier de leur
épée avec des cris sauvages et courir sus aux hommes! A
leur passage, toute civilisation, toute lumière de l'esprit
s'éteignit; il fallait à la noblesse le chaos, les ténèbres de
la nuit sociale pour naître. Puis, quand cette nuit eut un
peu blanchi devant le jour renaissant de la civilisation, on
vit que les fils de rois et les chefs s'étaient partagé les provinces, que leurs compagnons s'étaient accommodés des
villes, des villages, des hameaux, que les évêques et les
abbés des monastères avaient été admis au partage. Puis
apparut, groupée autour des châteaux et des forteresses
que les nouveaux maîtres du sol s'étaient bâtis sur les
hauteurs pour mieux avoir l'œil sur leurs domaines et y
enfouir le fruit de leurs rapines, apparut, dis-je, une population de laboureurs bêchant, fendant la terre de leur
charrue, comme toujours, comme si une profonde révolution ne venait pas de s'accomplir. Leurs cabanes, nues
et misérables, se pressaient les unes contre les autres,
pauvres nids d'oiseaux tremblant sous le regard de l'é-
pervier. Dans les ventes de terres ils étaient ignomi-
nieusement inventoriés avec les arbres et les troupeaux,
à titre d'ameublement du domaine. Et ce n'était pas le
possesseur du château suzerain qui était le plus redou-
table; celui-ci était, il est vrai, le maître absolu de la
vie et du champ des laboureurs, c'était pour lui qu'il fallait travailler, labourer et combattre. Mais il s'élevait bien
souvent des guerres entre tous ces châteaux voisins, les
champs et les vergers étaient ravagés, les paysans étaient

toujours sans défense sous la main des chevaliers pillards. En temps de paix, ils vivaient dans le communisme de la misère, sous la tyrannie du seigneur immédiat, comme les bestiaux auxquels on donne le soir une part égale dans l'étable, le jour une part égale d'herbe à brouter dans les prairies. Ils pouvaient, quand ils avaient faim, aller s'asseoir dans la salle basse du château ou du monastère, et demander leur morceau dans le grand pain noir cuit pour eux. On appelait cela le droit du chanteau, c'était le droit de ne pas mourir. Le communisme est derrière vous et non devant, et vous avez bien raison de le maudire, car vos ancêtres, qui en connurent les humiliations, vous en ont transmis la haine avec leur sang.

Au milieu de tant de pauvreté, d'un si dur esclavage, les paysans entendaient pourtant, les dimanches, au prône de la messe, le prêtre prêcher le mépris des richesses, l'égalité des hommes, dire que le Christ avait racheté du même prix toutes les âmes, qu'il appelait de préférence à lui les petits et ceux qui souffrent. Ce seigneur, cette châtelaine, qui venaient s'agenouiller comme eux sur le pavé des églises, n'étaient-ils donc pas des hommes pour offenser ainsi Dieu par les vexations qu'ils leur faisaient supporter? Ce prêtre, qui vivait en intimité avec le château, ne comprenait-il pas le sens de ses paroles, ou avait-il des absolutions particulières pour les grands? Voilà ce que les paysans ne comprenaient guère. Ces promesses qu'on leur faisait pour l'autre monde n'étaient-elles donc qu'un moyen de leur faire aimer leurs chaînes dans celui-ci et de les rendre plus soumis? Ils le soupçonnèrent. Aussi ils commencèrent à se dire que l'égalité de leur origine commune dans Adam, que l'égalité de destinées communes dans le sein de Dieu devait avoir pour conséquence l'égalité de condition dans la vie présente. Ils sentaient que la vie future n'empêchait pas de jouir de ses facultés, de ses droits dans celle-ci, que l'humanité ne pouvait pas être de trop dans la société humaine, et que tout en travaillant à être saints là-haut, il fallait être hommes ici-bas. Mais ils n'avaient pas d'armes, cette éloquence de la force et un peu aussi celle du droit, et on se moquait de leurs prétentions, on mettait le bâillon à ceux qui parlaient trop haut, on abattait la tête de ceux qui la levaient, et le monde allait son train au grand profit et plaisir des nobles.

Il faut que le paysan soit bien malade pour qu'il se plaigne; pour qu'il se révolte, il faut qu'on l'écrase. Quelquefois cependant, des laboureurs s'étaient ameutés, quittant les villages par bandes; mais des cavaliers s'étaient mis à leur poursuite, qui avaient arrêté les meneurs, leur avaient coupé les pieds et les mains, et crevé les yeux à quelques-uns pour l'exemple, comme si l'exemple de la cruauté pouvait désespérer la justice. Les paysans, dans quelques lieux, songèrent à mieux concerter leurs mouvements. Souvent assis sur les bancs qui entouraient le chêne ou l'ormeau de devant l'église, ils s'étaient entretenus, le dimanche, de leurs travaux de la semaine, de leurs misères, et tirant de leurs habits de fête et de la liberté de ce jour-là un plus haut sentiment de leur dignité, ils s'enhardissaient à se plaindre des vexations de leur seigneur, de la dureté des corvées. Le chapitre des doléances se déroulait jusqu'au moment où

la cloche appelait aux offices; il était repris en sortant,
une fois qu'ils s'étaient rangés pour laisser passer le
seigneur et sa famille. Les causeurs faisaient ressortir amè-
rement la contradiction des belles paroles du prêtre avec
les misères de leur vie réelle, et portant tour à tour leurs
regards sur leur nombre et sur les tourelles du château
féodal, ils se disaient tout bas : Si nous voulions!

En Normandie, des réunions nombreuses eurent lieu
le soir après l'heure du travail; les groupes de ces causeurs étaient de vingt, de trente, de cent. Souvent l'assemblée se rangeait en cercle pour écouter quelque ora-
teur inculte, mais éloquent, qui, dans la langue pitto-
resque du peuple, animait tous ces cœurs ulcérés contre
la tyrannie des comtes et des barons. Le thème des discours était ordinairement celui-ci : « Les seigneurs ne
nous font que du mal; avec eux nous ne pouvons avoir
raison, ni gain ni profit de nos labeurs; chaque jour
nous apporte de nouvelles souffrances; chaque jour on
nous prend nos bêtes pour les corvées et les services.
Puis ce sont les justices vieilles et nouvelles, des procès
sans fin. Il y a tant de prévôts, de baillis, d'huissiers, que
nous n'avons pas une heure de paix. Tous les jours ils
nous courent sus, prennent nos meubles et nous chassent
de nos terres. Pourquoi nous laisser faire tout ce mal et
ne pas sortir de peine? Nous sommes hommes comme
eux; nous avons les mêmes membres, la même force; il
nous faut seulement du cœur. Lions-nous ensemble par
un serment; jurons de nous soutenir l'un sur l'autre; et
s'ils veulent nous faire la guerre, n'avons-nous pas pour
un chevalier trente ou quarante paysans jeunes, dispos,

prêts à combattre à coups de massues, à coups d'épieux, à coups de pierres, s'ils n'ont pas d'armes. »

Ces conventicules se tinrent dans plusieurs comtés; on s'y promit de s'aider, on y organisa la résistance et l'attaque. Des messagers allèrent de canton en canton, de village en village, rallier toutes les affiliations locales à un cercle supérieur, recevoir les serments, concerter les moyens.

Il est difficile au village de faire un peu de feu sans que la fumée paraisse. Les nobles s'étonnèrent donc de ces allées et venues, de ces préoccupations des paysans qui révélaient des projets insolites. Des espions furent chargés d'en pénétrer le mystère : ils découvrirent l'heure et le lieu de ces réunions, et, avant que la conspiration n'éclatât, on fit main basse sur les chefs. Leur cause fut vite instruite et jugée; oser méditer des améliorations à leur sort, se croire hommes comme les nobles, c'était un épouvantable crime. On leur fit subir à tous des tortures atroces qu'on s'étudiait à varier avec une cruauté raffinée. Entre les mains des nobles, le paysan était ce qu'est une pauvre petite bête entre les mains des enfants qui, au milieu des éclats d'un rire naïvement féroce, lui arrachent tour à tour les pattes, les ailes, la tête, comme pour voir jusqu'à quel point la vie peut résister. On creva les yeux aux uns, on coupa les poings à d'autres; ceux-ci furent empalés, ceux-là eurent les jarrets brûlés; on en fit rôtir quelques-uns à petit feu. Puis, ceux qui survécurent à ces horribles souffrances furent promenés par les villages et renvoyés à leurs familles. Ainsi finit cette insurrection commencée au cri de : « Nous sommes hommes comme eux ! » cri que répétera chaque siècle jusqu'à ce qu'il soit enfin une vérité, car les paysans seront hommes, maîtres et libres sur leurs champs. La justice a pour elle l'éternité, la violence n'a que le temps.

Voici maintenant, un siècle plus tard, les plus misérables habitants des campagnes, les bergers ou les *pastoureaux*, comme on les appelle, qui s'insurgent à leur tour. Il fallait que dans cette oppression générale du pays, les hommes de toute condition vinssent protester contre la société établie ; les bourgeois et les ouvriers des villes l'avaient déjà fait. Les Pastoureaux se mettent donc à ravager, à massacrer ; c'était dans ce monde infernal, où tout était livré à la force, le moyen ordinaire de manifester sa liberté. Ne sachant à qui s'en prendre de leurs misères, ils se tournèrent d'abord contre les prêtres, qu'ils voyaient faire cause commune avec les seigneurs ; ils les accusaient d'imiter ceux-ci dans leurs passe-temps mondains et licencieux, dans leurs exactions, dans leur brutalité pour le pauvre monde. Si Jésus-Christ, disaient-ils, venait aujourd'hui prêcher sa loi d'amour et d'égalité, il ne serait plus crucifié par les Juifs, mais par tous ceux qui vivent de l'autel et de l'Évangile, par les prélats opulents, les gros abbés, les chanoines gourmands. C'étaient là propos d'hérétiques, mais les pastoureaux l'étaient ; l'irritation de la souffrance matérielle en avait fait des sectaires mystiques ; ils voulaient aller en terre sainte, espérant trouver auprès du tombeau du Christ l'égalité et le repos. Comme on leur avait répété aussi que les Juifs, par leurs sortiléges, étaient la cause de tout le mal, ils les massacrèrent le plus qu'ils purent, afin de couper toutes les racines du mal, pendant qu'ils étaient en veine de vengeance. Ces pauvres Juifs, on les chargeait de toutes les iniquités du siècle, et quand le peuple souffrait trop, les prêtres et les nobles lui jetaient ces victimes pour dérouter sa fureur. Le soulèvement des pastoureaux eut le dénouement de celui des paysans : les bandes furent décimées ; pour quelque temps encore, la société se remit au régime de la résignation.

Cependant ces essais malheureux de révolte ne laissaient pas de donner aux classes sacrifiées l'habitude de la résistance, en même temps qu'ils faisaient réfléchir les nobles et les rois sur la légitimité de leur puissance. Un roi, Philippe-le-Bel, affranchit les paysans de ses domaines, déclarant, dans la charte d'affranchissement, que toute créature humaine, qui est formée à l'image du Seigneur, doit être franche par droit naturel. Les villes s'étaient déjà détachées de l'édifice féodal ; les paysans, enrégimentés sous les bannières des paroisses, commençaient à avoir le sentiment de cette indépendance que donne la possession d'une arme ; et bien des fois, dans les guerres privées, de château à château, que se faisaient les seigneurs, ils étaient allés, pour le compte de leur maître, attaquer quelques-uns de ces nids de vautours. Avec quelle joie, on le devine. Un château détruit, c'était toujours une consolation.

Ah ! si la France elle-même n'avait pas été vaincue à Crécy et à Poitiers, comme les paysans et les ouvriers des villes auraient applaudi à la déroute de ces nobles, de ces fiers chevaliers qui passèrent dans ces deux combats sur la *pédaille* (c'est ainsi qu'on appelait les gens à pied) pour aller se faire tuer ou prendre par les fantassins de l'armée anglaise ! Ces fantassins, c'étaient des gens des communes, des porchers de l'Irlande, et les vilains, manants et roturiers français auraient pu se croire vengés, s'ils avaient pu se réjouir d'une défaite où le drapeau de la France avait été déshonoré. Et pourtant un sentiment de satisfaction et d'égoïsme dut leur être permis, quand ils virent tous ces orgueilleux chevaliers, petits héros de village, avec leurs blasons, leurs aigles, leurs tours et tout ce grimoire symbolique d'armoiries, devenir les prisonniers des manants et des vilains d'Angleterre. Heureux si les Anglais eussent pu faire une razzia complète de tous les nobles de France, plus heureux s'ils les eussent gardés à tout jamais ! Mais il fallut payer pour les ravoir ; payer avant la guerre pour que les nobles pussent se montrer avec de belles armes, de beaux écussons émaillés, de riches bannières qu'ils laissaient prendre, payer encore après pour leur rachat, c'était une étrange dérision du despotisme.

Les nobles, relâchés par l'ennemi sur parole, revinrent dans leurs châteaux recueillir eux-mêmes le prix de leur rançon. Les maigres épis, les maigres bestiaux, les pauvres attelages qui étaient encore dans la demeure du paysan n'y suffisaient pas, car en y ajoutant quelque ferraille, quelque bahut et le lit même de la pauvre famille, tout cela ne produisait pas grand' chose à la vente. Aussi chauffait-on les pieds aux malheureux villageois pour leur faire déclarer les cachettes où l'on supposait qu'ils avaient enfoui leur argent. Après les seigneurs passaient les bandes d'Anglais, maîtres du pays, les routiers, vo-

leurs armés en guerre, qui trouvaient bien moyen, en
fouillant dans les décombres des chaumières qu'ils ren-
versaient, de prendre encore quelque chose là où il ne
restait plus rien. Un sire d'Aubricourt volait et tuait au
hasard pour bien mériter de sa dame, car il était,
disait-on, *jeune et amoureux dûrement.*

Dans quelques provinces, les populations des campagnes
creusaient la terre pour s'y réfugier : les femmes et les enfants s'y entassaient et y pourrissaient des semaines, des
mois. Les hommes qui se hasardaient à travailler encore
aux champs établissaient des sentinelles dans les clochers
et sur les hauteurs, et quand les bandes de pillards appro-
chaient, on sonnait de la cloche ou du cornet, et tous les
habitants courant aussitôt de toutes parts, comme à l'ap-
proche d'un violent orage, s'abritaient dans les églises et
s'y barricadaient. Quelle vie, ou plutôt quelle mort lente!
Toujours dans les transes, les enfants toujours affamés,
les mères mangeant de l'herbe pour faire monter un peu
de lait à leur sein, les hommes tombant de fatigue et de
désespoir sur leurs champs stériles. Il vint un moment où
il n'y eut rien que dans les châteaux, dans les châteaux
toujours impitoyables, toujours menaçants, où s'engouf-
fraient toutes les richesses du sol, tous les fruits des
sueurs du paysan, et souvent l'honneur de sa femme et
de ses filles. Les paysans, exténués d'inanition et de
souffrances, se laissaient tomber sur la terre pour y
attendre, avec la suspension de leur souffle, la cessation
de leurs maux. « Laissez-les faire, disait un noble, le
paysan est une bête de somme qui, tombée sous la lourdeur du fardeau, se relève après quelques coups de fouet

appliqués sur le dos. » Les nouveaux coups de fouet ne manquèrent pas, mais alors la pauvre bête se releva enragée et s'élança avec fureur sur ses maîtres. Des bandes de ces affamés se réunirent, s'organisèrent, se nommèrent des chefs et tinrent la campagne. Les nobles rirent bien d'abord de voir tous ces pauvres diables se révolter contre la mort, s'armer de mille armes bizarres, de faulx, de bêches, d'instruments de labour et de cuisine. Ces paysans, qu'on appelait Jacques, Jacques Bonhomme, on ne les aurait jamais crus capables de tant d'audace, et on allait chantant par dérision :

> Cessez, cessez, gens d'armes et piétons,
> De piller et manger le bon homme
> Qui de longtemps Jacques Bonhomme
> Se nomme.

Mais on cessa de rire quand le bonhomme tomba à bras raccourcis sur les châteaux. De l'embouchure de la Somme aux rives de l'Yonne, 100,000 paysans se levèrent qui jurèrent de détruire tous les nobles, chevaliers et écuyers. Il y eut alors bien des violences, des atrocités épouvantables ; mais si la justice devrait toujours être la loi des hommes, il était bien difficile aux paysans d'entendre d'autre voix que celle de la vengeance. Ils avaient à payer aux nobles, comme le dit M. Michelet, un arriéré de plusieurs siècles. Ils agitaient donc avec une joie féroce ces armes qui enivrent si facilement ceux qui les tiennent, trouvant un plaisir à ravager à leur tour les terres qui ne pouvaient plus les nourrir ; incendiant, pillant les châteaux et les églises, tuant pour tuer, s'efforçant d'exter-

miner les familles seigneuriales en massacrant les jeunes
héritiers, en mêlant par le viol et l'adultère leur sang à
celui des nobles, puis endossant par dessus leurs épais
habits de laine les étoffes de soie et les oripeaux qu'ils
trouvaient dans le sac des châteaux et des églises. Ce fut
une guerre de sauvages et d'enfants. Ils eussent cru ne
se montrer qu'à moitié libres, s'ils n'avaient égalé les
excès de leurs maîtres.

Cependant les nobles étaient leurs maîtres même en
cruauté, ils le leur firent bien voir. Il n'y avait pas beaucoup d'ordre dans les bandes de la Jacquerie, les armes
n'étaient pas d'un bien bon service. De plus, presque
effrayés de leurs excès, les paysans prêtèrent l'oreille à
des propositions de paix mensongères. Un prince qu'on
appelait le *Mauvais* et qui devait bien mériter sa réputa-
tion, car il y avait des rois qu'on qualifiait de *bons*, de
désirés, de *pieux* qui n'étaient que des débauchés et des
monstres; Charles-le-Mauvais donc eut l'air d'applaudir
à leur soulèvement, leur proposa une alliance et les fit
tomber dans un piége, ce qui commença leur déroute.
Paris, qui était alors vaillamment gouverné par les bourgeois et les ouvriers (le roi et les nobles étaient au pouvoir
des Anglais), leur prêta quelque appui, leur envoya quelques hommes. Les Jacques avaient été reçus à Senlis et à
Meaux. Ils se préparaient à prendre le marché de cette
dernière ville où une foule de nobles dames, de demoi-
selles, d'enfants, la duchesse d'Orléans et la duchesse de
Normandie s'étaient jetées effrayées, quand vinrent à
passer des cavaliers qui revenaient de se battre en Prusse.
Le danger que couraient ces dames les attira : « Ils firent

ouvrir tout arrière, dit Froissart, le chroniqueur de ces temps, et puis ils se mirent au devant de ces vilains, noirs et petits et très-mal armés, et lancèrent à eux de leurs lances et de leurs épées. Ceux qui étaient devant et qui sentaient les horions reculèrent de hideur et tombaient les uns sur les autres; alors issirent (sortirent) les gens d'armes hors des barrières et les abattaient à grands monceaux et les tuaient ainsi que bêtes et les reboutèrent hors de la ville. Ils en mirent à fin plus de sept mille et boutèrent le feu en la désordonnée ville de Meaux. » (9 juin 1358).

Ceux qui échappèrent furent traqués comme des bêtes féroces; on ne s'informait pas si tous ceux qui étaient arrêtés avaient pris part à la Jacquerie; il suffisait d'être paysan pour être coupable. Les nobles firent tant de mal au pays qu'on disait qu'il n'y avait pas besoin que les Anglais vinssent pour la destruction du royaume, qu'ils n'auraient jamais pu faire ce que les nobles firent en France. Ils auraient bien voulu ravager aussi les villes; mais quelque envie qu'ils en eussent, ils durent se résigner à passer devant leurs portes fermées; les bourgeois veillaient derrière avec leurs armes.

Ainsi finit encore une fois la guerre des casques de fer et des bonnets de laine. Comme toujours, les paysans payèrent les dégâts. Cependant leur importance avait grandi à travers tant de désastres, et une fois leurs bandes mises en branle, ce furent elles qui commencèrent à disputer le sol français aux Anglais. Guillaume Caillet, Guillaume aux Alouettes et le Grand-Ferré furent les héros de cette croisade paysannesque contre les ennemis de la patrie; le Grand-Ferré surtout, figure légendaire, avec

son corps immense qui dominait de toute la tête ses compagnons, avec ses grands bras tombant sur les Anglais
comme des fléaux, avec sa bonhomie, son sentiment si
humble de lui-même qui contrastait tant avec sa force,
véritable nature de Jacques Bonhomme ignorant sa valeur.

Les habitants de presque tous les villages étaient alors
organisés par petits corps de troupes et toujours prêts à
protéger leurs demeures et à recevoir les Anglais qui bat-
taient les routes. Le Grand-Ferré commandait à un de ces
petits corps de laboureurs et d'hommes de métiers dans
un bourg près de Compiègne. L'abbé du monastère, dont
ce bourg dépendait, lui avait permis de s'établir dans une
enceinte fortifiée qu'il y avait là. Les Anglais, qui cam-
paient aux alentours, les y virent un jour et, se riant de
ces soldats bizarrement équipés, se mirent en mesure de
leur donner l'assaut par passe-temps. Ils entrèrent sans
être aperçus ; mais aux premiers cris d'alarme, le Grand-
Ferré fait sortir ses compagnons par toutes les issues et
se met avec eux à frapper sur les Anglais comme s'il
battait le blé dans l'aire. Il faisait merveille, avec ses
bras vigoureux et sa hache, et bientôt la place fut nette
autour de lui. Poursuivant ensuite ceux qui restaient vers le
fossé qui entourait le fortin, il les y fit noyer presque tous.
Dans cette rencontre comme dans bien d'autres, il ra-
massa plusieurs nobles anglais qui auraient donné de
bonnes rançons si on eût voulu les rançonner *comme
faisaient les nobles*; mais on les tua afin qu'ils ne fissent
plus de mal.

Un jour que le Grand-Ferré s'était échauffé à besogner
de sa hache, il but de l'eau froide et la fièvre le prit. Il

s'en retourna tout fiévreux dans sa maison près de sa femme et se mit au lit, non toutefois sans garder à la portée de sa main son arme terrible qu'un homme ordinaire eût eu peine à soulever. Les Anglais apprirent qu'il était malade et, ne s'en fiant pas à la fièvre pour le tuer, ils envoyèrent douze hommes pour l'achever. La femme du Grand-Ferré les vit venir du seuil de sa cabane et se mit à crier : Voilà les Anglais ! Mon pauvre Grand, nous sommes perdus ! Mais lui, sautant sur sa hache, malgré son mal, s'avança dans la petite cour pour les recevoir : « Ah ! brigands, s'écria-t-il, vous venez donc pour me prendre au lit, vous ne me tenez pas encore. » Il s'adossa contre un mur et se mit à jouer si bien de sa hache qu'il en tua cinq en un instant; les autres s'enfuirent. Le Grand se remit au lit; mais la lutte lui avait donné chaud, il but encore de l'eau froide, et la fièvre, devenue plus forte, l'emporta. Il avait reçu les derniers sacrements de l'Église, et il fut enterré dans le cimetière de son village, pleuré de tout le pays d'alentour.

III.

Ainsi, le sentiment de la nationalité, sentiment encore confus dans cette France où mille barrières, mille divisions seigneuriales, mille coutumes, semblaient créer autant de peuples divers; ce sentiment de solidarité entre les habitants d'un même pays, prend naissance chez les déshérités du sol, chez les paysans; chez eux se montre vivace et incessante cette haine de l'Anglais qui est le commencement de l'amour de la patrie, le signe de ralliement. Les gentilshommes, eux, se battent pour l'honneur, cette vertu de parade. Peu leur importe le nom de France, ils ne connaissent que leur blason et leur château ; ils iront guerroyer pour le compte des princes étrangers, aussi bien que pour celui de leur pays ; ils émigreront plus tard à Coblentz pour s'y créer une France extérieure. La patrie est pour eux là où sont vénérées les prérogatives nobiliaires. Les paysans tiennent au sol par les liens qui rattachent l'ouvrier à son œuvre ; car cette terre qu'ils cultivent, ils l'ont créée presque, ils l'ont façonnée ; la nature ne leur a fourni que la matière comme à l'artiste ; ils l'ont détrempée de leurs sueurs pour y semer les grains nourriciers, pour y alimenter la sève de ces arbres qu'ils ont plantés, qu'ils voient croître avec presque autant d'orgueil que leurs propres enfants. L'amour de la cabane, du petit enclos, des champs, de la petite patrie, en un mot, les a conduits à l'amour de la grande, et ce sentiment restera chez eux vif et fort, car ils l'ont conçu dans les larmes. Les Jacques deviendront la Pucelle qui arrachera le pays aux mains des Anglais ; plus tard encore, ils formeront les grandes armées de la République et de Napoléon.

Et cependant que d'années, que de siècles s'écouleront encore avant qu'on reconnaisse le caractère, la dignité d'hommes à ces pères nourriciers de la France, à ces gladiateurs de la justice ! Au temps où nous sommes parvenus, ils sont serfs presque partout. La plupart ne possèdent que des domaines congéables dont ils peuvent être chassés du soir au matin. Ils travaillent parfois la terre la nuit pour soustraire leurs bestiaux aux gens de finance, et eux-mêmes s'attèlent à la charrue quand les bestiaux manquent. Il y avait alors comme aujourd'hui des grêles et des sécheresses, mais il n'en fallait pas moins donner aux églises de la vingt-sixième à la onzième gerbe, la dîme des jardins, des bois, des vergers, des veaux, et des agneaux. Les intendants des seigneurs venaient aux funestes époques de la Saint-Martin, de la Saint-Louis, de la Saint-Remy, demander non plus le sixième, ni le cinquième, mais le quart du blé, du vin; encore prouvait-on au malheureux serf que c'était pure complaisance, si on ne lui demandait pas davantage. Pour embrasser un état, il fallait l'autorisation du seigneur, il la fallait encore pour passer dans une autre seigneurie, il la fallait toujours, pour se marier, pour vivre, pour mourir. Sans parler de ces servitudes stupides et déshonorantes, comme de livrer sa femme à la couche du seigneur, la première nuit des noces, d'aller battre, pendant ce temps, l'eau du fossé qui entourait le donjon pour que le sommeil ou les plaisirs du seigneur ne fussent pas troublés par le croassement des grenouilles, comme enfin de souffrir que les gardes champêtres découvrissent le pot bouillant devant le feu pour s'assurer qu'il n'y avait point de gibier.

Quelques paysans avaient bien de loin en loin la faculté de s'affranchir, mais une fois l'affranchissement payé, il ne leur restait rien; ils cessaient d'être serfs, mais pour devenir vassaux, et ils n'en valaient guère mieux, car ils continuaient d'être taillables et corvéables. Moins protégés même par les seigneurs, qui veulent faire regretter leur autorité, ils sont la proie des usuriers, des gens de finance, venant sans cesse demander des subsides ; et comme des gens qui se jetteraient dans l'eau pour éviter la pluie , ils retournent parfois dans le servage. L'homme aux impôts vient si souvent frapper à la porte de la chaumière ! Tantôt c'est pour les aides, tantôt pour la gabelle, tantôt pour la capitation, tantôt pour les vingtièmes. Sans cesse il parcourt le village avec sa voiture de tailles de bois, et on a beau le voir faire des marques pour les droits qu'on acquitte, il reste toujours quelque article à payer. Le grand rouleau de parchemin, contenant les contributions de la paroisse, s'étale sur la grande table de la cuisine où il n'y a pas toujours du pain à l'heure du dîner ; le paysan n'entend pas grand' chose à ce grimoire, il ne sait pas, comme les savants de la ville, contredire et contester, il est forcé de se soumettre devant le papier écrit. Il demande en vain qu'on prenne patience, qu'il a sa fille à marier, à réparer sa maison qui menace ruine, à rembourser une créance d'ami. L'homme aux impôts répond : Paie, ou je te fais tout saisir jusqu'à tes chausses, jusqu'à la litière de tes vaches, jusqu'au berceau où dort ton enfant. Le bonhomme vide en pleurant sa bourse jusqu'à la dernière maille dans la main de l'huissier, que l'habitude de recevoir a rendue creuse. Bonhomme crie, mais Bonhomme paiera, c'était le proverbe. Béranger, notre poëte national, devait plus tard, avec son accent de tendre sympathie pour le peuple, retracer toutes ces misères de la cabane.

> Jacques, il me faut troubler ton somme :
> Dans le village, un gros huissier
> Rôde et court, suivi du messier,

C'est pour l'impôt, las! mon pauvre homme.
Lève-toi, Jacques, lève-toi,
Voici venir l'huissier du roi.

Regarde : le jour vient d'éclore;
Jamais si tard tu n'as dormi.
Pour vendre, chez le vieux Remi,
On saisissait avant l'aurore.
Lève-toi, Jacques, lève-toi,
Voici venir l'huissier du roi.

Pas un sou! Dieu! je crois l'entendre.
Écoute les chiens aboyer.
Demande un mois pour tout payer.
Ah! si le roi pouvait attendre!
Lève-toi, Jacques, lève-toi,
Voici venir l'huissier du roi.

On compte, avec cette masure,
Un quart d'arpent cher affermé.
Par la misère il est fumé,
Il est moissonné par l'usure.
Lève-toi, Jacques, lève-toi,
Voici venir l'huissier du roi.

Beaucoup de peine et peu de lucre.
Quand d'un porc aurons-nous la chair?
Tout ce qui nourrit est si cher!
Et le sel aussi, notre sucre!
Lève-toi, Jacques, lève-toi,
Voici venir l'huissier du roi.

Du vin soutiendrait ton courage;
Mais les droits l'ont bien renchéri.
Pour en boire un peu, mon chéri,
Vends mon anneau de mariage.
Lève-toi, Jacques, lève-toi,
Voici venir l'huissier du roi.

Il entre ! ô ciel ! que dois-je craindre ?
Tu ne dis mot ! quelle pâleur !
Hier tu t'es plaint de douleur,
Toi qui souffres tant sans te plaindre.
Lève-toi, Jacques, lève-toi,
Voici monsieur l'huissier du roi.

Elle appelle en vain ; il rend l'âme.
Pour qui s'épuise à travailler,
La mort est un doux oreiller.
Bonnes gens, priez pour sa femme.
Lève-toi, Jacques, lève-toi,
Voici venir l'huissier du roi.

Tel était encore, au quatorzième siècle, l'état social des
paysans en France. C'était aussi celui des paysans de toute
l'Europe, car l'Europe, sortie des mêmes éléments, de
la barbarie et du christianisme, gravitait autour des mêmes principes. Des lois analogues mettaient partout les
peuples à la merci de quelques milliers de nobles. Tous
les peuples devaient aussi suivre le mouvement ascen-
sionnel de la France vers la liberté, comme les plantes
montent vers le soleil. L'histoire les voit en effet arriver
tous sur la voie du temps, à divers intervalles, à pas
inégaux, pour se réchauffer aux chauds rayonnements
du foyer de la France. Notre révolution de 1848 a fait
hâter le pas aux plus arriérés.

Dans presque tous les pays, les mêmes maux avaient
donc fait pousser les mêmes cris de détresse, éclater les
mêmes révoltes. La guerre des paysans d'Allemagne offre
surtout avec les jacqueries de France de telles similitudes,
qu'elle peut servir à en compléter l'histoire. Quoique la
réforme de Luther eût ici donné l'impulsion, et que les

paysans parussent combattre pour la liberté religieuse, au fond c'était en haine d'une société féodale et théocratique dans laquelle ils supportaient toutes les charges sans participer à aucun avantage, en haine de ces châteaux tyranniques qui pesaient de toute leur lourdeur sur l'atmosphère des champs. Que voulaient-ils en effet? Posséder librement la terre qu'ils cultivaient, en recueillir pour eux les fruits et les moissons, ne plus supporter ni dîmes ni corvées, le droit de Dieu et du seigneur; avoir le droit d'aller et de venir, de se marier, d'établir leurs enfants comme ils l'entendraient; être libres de prendre la bête sur leur propriété, au lieu de l'y laisser pâturer pour le charme des chasses seigneuriales.

Des bandes de paysans s'organisèrent comme en France, formèrent des associations nommées, les unes associations du *pauvre Conrad*, nom qui équivalait à celui de pauvre Jacques, les autres, associations du *soulier*, chaussure du pauvre peuple. Quoiqu'il y eût bien de petits nobles qui se joignissent aux paysans pour s'attaquer à plus nobles qu'eux, leurs chefs les plus redoutés sortaient de leurs rangs. C'était la violence ou l'enthousiasme qui donnait le commandement. Un aubergiste mettait un jour un soulier au bout d'une perche, la faisait promener au son du tambour dans les villages d'alentour, et des milliers d'habitants accouraient se ranger autour de ce drapeau, comme des abeilles autour de la ruche. Un autre jour, c'était un pauvre journalier qui se mettait en campagne avec ses voisins. Parmi ceux-ci, il y avait un nommé Jacquet, paysan robuste et énergique, aux formes nobles et athlétiques, qui eût pu devenir un

néros, et dont une mauvaise société fit une bête féroce.
Né simple et droit, l'oppression d'un pouvoir arbitraire
devait irriter jusqu'à la fureur cette nature primitive. Un
bailli avait refusé de lui rendre justice et il l'avait tué;
son père, en le déshéritant, en fit un vaurien. Une dernière vexation fit sortir tout sentiment de son cœur pour
n'y laisser que le désir de la vengeance : un seigneur
déshonora sa fiancée. Oh! alors il maudit Dieu, la vie et
les hommes, et fit appel à tous ceux qui avaient au cœur
quelque ulcère. Son armée fut une horde de vengeurs
fanatiques, ses exploits des massacres.

Un jour que l'armée centrale des paysans avait rem-
porté une bataille sanglante près d'une ville nommée
Weinsberg, Jacquet, s'étant fait livrer les prisonniers,
descendit avec sa troupe derrière un moulin qui confi-
nait à une prairie. La bande se rangea en deux haies
rapprochées, les lances en arrêt; on fit avancer les prisonniers, au nombre desquels se trouvait le comte de
Helfenstein, qui avait commandé l'armée aristocratique.
Les lances frémirent, les prisonniers furent condamnés
à passer entre les deux haies : c'était le supplice ordinaire des soldats qui avaient forfait à l'honneur.

« Allons ! s'écria alors Jacquet, allons, Louis de Helfenstein, à toi d'ouvrir la danse en ta qualité de chef. »

Le comte offrit de l'or pour sa rançon.

« A nous, paysans, de l'or! c'est bon pour les nobles.
Non, quand tu nous offrirais tout l'or de l'Amérique, il
faut mourir ! »

La comtesse se jeta aux pieds de Jacquet en criant :
Grâce, grâce pour mon mari !

« Grâce! répliqua Jacquet avec un ricanement terrible,
« moi aussi j'ai demandé grâce pour ma fiancée, et un
« cousin germain de ton mari la traîna dans son château
« pour assouvir ses lubriques plaisirs. Grâce! ce mot
« n'existe plus pour moi. » Et toute la horde cria avec
un hurlement féroce : Vengeance !

« Comtesse de Helfenstein, reprit un autre paysan, un
« jour les cavaliers de ton mari passèrent avec chevaux
« et chiens sur mes champs fraîchement ensemencés ;
« mes garçons voulurent s'y opposer ; ils furent garrottés,
« emmenés, fouettés comme des chiens. Vengeance !

« Comte, s'écria un troisième, tu as emprisonné mon
« frère pour avoir oublié de te saluer. Vengeance !

« Tu nous a accouplés comme des bœufs à la corvée.
« Vengeance !

« Tu as jeté mon père en prison pour avoir tué un
« lièvre sur son champ.

« Vengeance! vengeance! » cria tout ce chœur infernal.

Au moment où le comte allait passer au milieu des
lances, un homme sortit de la foule : « Attends, dit-il,
« j'ai été autrefois ton musicien ; pendant plusieurs an-
« nées je t'ai fait de la musique de table, je connais ton
« air favori ; je l'ai gardé pour ta dernière heure. » Et
mettant sur sa tête le chapeau à plumes du comte, il se
mit en devoir de le précéder dans la haie en jouant de la
flûte et en dansant. Le comte tomba percé de coups ; les
autres prisonniers eurent le même sort. Puis la comtesse
fut dépouillée de ses bijoux, de sa toilette, et habillée
en mendiante. Jacquet fit venir un chariot chargé de

fumier, et la plaçant dessus avec ses enfants : « Tu es
« entrée à Weinsberg, lui dit-il, sur une voiture d'or, tu
« en sors sur un char de fumier. Raconte cela à l'empe-
« reur, et salue-le de ma part. »

Ce fut la seule fois que les paysans allemands se mon-
trèrent à ce point barbares; mais si de plus grands excès
de la part des nobles pouvaient expier ces cruautés,
elles l'eussent été. Seize mille paysans qui avaient déposé
les armes sous la foi d'une capitulation furent assommés
à coups de crosse, et leurs femmes violées en pleine rue
par une soldatesque brutale. Partout on décapita les
paysans, on les pendit, on les brûla en masse; les ducs
et les comtes ne marchaient qu'escortés de bourreaux et
de gibets. A chaque paysan qu'ils rencontraient armé ou
non armé, l'instrument était dressé et le paysan pendu.
Jacquet et le musicien ne furent pas oubliés : on les attacha à un arbre et on disposa un bûcher tout autour;
puis on y mit le feu, au grand ébahissement des nobles
et de leurs soldats, suivant avec intérêt la cuisson *fine*
et *lente* des deux meurtriers du comte Helfenstein.

La guerre terminée, les paysans n'en acquirent pas
plus de droits, mais plus de mille châteaux se trouvèrent
détruits et ne se relevèrent pas.

Aujourd'hui, paysans, il n'y a plus de châteaux, mais
quand vous vous arrêtez au bout du sillon pour laisser
souffler vos bœufs, ou que le dimanche, libres de tout
travail, vous allez après la messe visiter vos champs,
vous apercevez parfois au bout de vos trèfles qui pous-
sent, sur le monticule voisin, des ruines croulantes, des
pans de mur noircis par le temps et percés encore de fe-

nêtres étroites. Souvent une histoire sinistre se rattache à ces ruines que fréquentent les hiboux, et le merveilleux y habite. Ces ruines sont celles de quelqu'un de ces anciens châteaux ; longtemps il fut un objet de malédiction pour la contrée. Que de drames sinistres se sont accomplis dans son enceinte ! Le sang se mêla comme un hideux ciment à ses pierres. Il pesa sur la tête de vos aïeux comme un nuage toujours prêt à laisser échapper la foudre. Le soleil se joue maintenant à travers ses meurtrières impuissantes ; l'herbe verte semée par le vent sur les ouvrages des hommes, croît dans les crevasses des murs, et les enfants allument des feux entre ses débris.

Vous n'êtes plus aujourd'hui attachés au flanc de ce château ; la main des révolutions l'a touché, et il s'est écroulé. Vous ne cultivez plus la terre pour des maîtres ; ces haies que vous vous plaisez à arrondir autour de vos champs, les chiens du seigneur ni le garde-champêtre ne les franchissent plus ; vous poussez avec joie votre bêche dans la terre ; vous pressez de l'aiguillon vos bœufs en chantant ; vos blés n'iront plus aux granges du château, mais dans les vôtres, sans que personne, hors le pauvre, puisse en distraire un épi. Ces ruines que vous voyez là-bas ne sont que l'écume qui reste sur le bord d'une rivière après une inondation, comme pour marquer jusqu'où l'eau a monté. La terre de France, qui appartint longtemps à trente ou à quarante mille nobles qui la faisaient cultiver, appartient désormais à quinze ou vingt millions de paysans qui la labourent, qui l'aiment, qui y ont mis leur vie. Pour le reste, le paysan est encore le vrai serf de la glèbe, serf aujourd'hui par l'amour, comme il l'était jadis par l'attache féodale. Il l'aimait tant cette glèbe, il lui pesait tant de la travailler en mercenaire, qu'il se ruinait souvent pour en acquérir un arpent qu'il pût dire être sien. Des économies, il en faisait sur sa maigre nourriture, sur ses grossiers habits, sur sa maladie même, moins soigneux de lui que de ses bœufs; tout cela pour pouvoir s'asseoir un jour avec sa famille à l'ombre de quelque arbre qu'il eût planté, se reposer pour le souper de famille dans une cabane d'où ne pourrait l'expulser l'intendant du château.

Bien des fois quand le seigneur se disposait à partir pour la croisade, qu'il voulait s'équiper pour une nouvelle guerre ou pour aller mener grand train à la cour, il était forcé de vendre quelque chose, et le paysan en guenilles accourait avec des pièces tirées d'une vieille cachette et achetait. Il fallait voir alors comme la terre s'embellissait, augmentait de valeur entre ses mains libres. Mais qui a un peu veut avoir davantage. Il y avait parfois à côté de l'arpent acheté un autre arpent si joli, si attrayant qui faisait les yeux doux au paysan; si on l'achetait aussi, comme il arrondirait bien l'autre! on ne serait pas obligé de pousser la charrue si fort contre la haie pour ne pas perdre une parcelle de culture. Il faudrait emprunter, mais on travaillerait de si bon cœur pour payer cette acquisition nouvelle. Il était fait selon les désirs, mais une année mauvaise suivait, la maladie gagnait le bétail, l'impôt ni l'usurier n'attendaient pas. Il fallait revendre, et les nobles rachetaient à vil prix cette terre qui valait le double, ou bien des chicanes d'hom-

mes de loi faisaient revenir le bien à l'ancien maître.
Les choses allèrent si bien ainsi que la propriété, sans
cesse divisée, revenait toujours aux riches, et que, lorsque la révolution éclata en 89, les paysans se retrou-
vaient, après quelques années de repos, dans la plus
affreuse misère. Le faste et les prodigalités des règnes
de Louis XIV et de Louis XV, les gains illicites des fermiers généraux, les pensions et les traitements mons-
trueux des nobles, avaient été supportés par les campagnes, par les paysans, car les nobles et le clergé ne
payaient pas d'impôts, eux les grands possesseurs. L'impôt
territorial était déshonorant. Les gentilshommes n'entendaient payer que l'impôt du sang. Mais c'était une dérision que cet impôt, les paysans fournissaient les armées, la noblesse ne fournissait que les officiers. Le
peuple des armées se faisait tuer pour défendre la patrie,
c'étaient les nobles qui montaient en grade. Pendant que
le fils du paysan était à l'armée, le père n'en continuait
pas moins de payer l'impôt, la dîme, les corvées.

Aussi, à la veille de la Révolution, les intendants des
provinces, complices eux-mêmes de tous les désordres de
la royauté, faisaient-ils une peinture désolante de la
France. Ici le pays avait perdu le tiers de ses habitants,
là le quart. Les paysans n'ayant guère de mobilier, le fisc
avait saisi les attelages, et les bêtes disparaissaient du
sol comme les hommes. La terre moins cultivée produisait moins, et les dépenses de l'État s'accroissaient. Les
grands propriétaires, las de faire aux fermiers des avances
que ne couvrait pas la culture, aimaient mieux laisser les

terres en friche. La misère était si grande que, d'après le témoignage de l'évêque de Chartres, les hommes dans son diocèse broutaient avec les moutons. Un magistrat honorable, Boulinvilliers, sentant que la société était à bout de sacrifices, disait : Le procès va rouler maintenant entre ceux qui paient et ceux qui n'ont d'autre fonction que de recevoir.

IV.

Enfin 89 se lève, la Révolution arrive : affamés de justice plus encore que de la nourriture du corps, vos pères l'attendaient comme l'avénement d'un monde nouveau, du second règne du Christ. Ces philosophes, qu'on vous présente comme des impies et des démolisseurs, Voltaire, Rousseau et tant d'autres, issus du peuple, de ses entrailles, cœurs simples, âmes neuves et fécondes comme le sol dont ils tiraient leur sève, portant en eux la rectitude de jugement et d'impressions qui n'étaient au moral que l'intégrité de la force que les campagnards, nourris au grand air de Dieu, portent dans leurs membres ; ces philosophes prêchèrent le culte de l'homme, revendiquèrent ses droits confisqués, le rétablirent dans sa dignité native. En face d'une société livrée au privilége ils déclarèrent que quelques milliers d'hommes ne pouvaient faire la loi à des millions de Français, que tous, enfants du même sol, égaux par leurs facultés, par leur origine, devaient avoir la même part à l'air et au soleil.

Quand vous avez un grand arbre sur votre champ, dont les racines gourmandes attirent autour d'elles tous les sucs de la terre, dont les branches accaparent la rosée et le soleil, vous savez bien qu'en dessous il ne pousse guère que quelques maigres plantes sans fleurs ni fruits. Les nobles étaient ces grands arbres, ils attiraient à eux toute la puissance, toute la richesse de la France, et vous étiez les pauvres plantes languissant sous leur ombrage malsain. Les philosophes les minèrent; puis quand vint la Révolution, on n'eut qu'à les pousser un peu et ils tombèrent, et les paysans, purent respirer et vivre au grand air. Dans la nuit du 4 août, nuit éclairée par les rayons de la justice, dans la nuit du 4 août, la première Constituante abolit les titres, les droits de la féodalité, les dîmes et les corvées. Le laboureur ne trouva plus entre la terre et lui que Dieu dispensant le soleil et la pluie, les vents tièdes et la fraîcheur des nuits. Il fut maître sur son champ, dans sa maison, comme le seigneur dans son château, plus que le roi dans son palais. Ce long cri poussé de siècle en siècle : « Nous sommes hommes comme ils sont », n'était plus un mensonge.

Déjà même vous étiez les arbitres de votre sort; vos pères avaient été appelés à faire acte de souveraineté, à nommer les représentants de la nation. Alors aussi on vit ce qu'on voit de nos jours, les nobles, les hommes qui avaient vécu et s'étaient engraissés de tous les abus, se faire humbles, courtiser les petits, parce que les petits faisaient le grand nombre, et que le grand nombre tenait dans sa main l'empire. Ils espéraient que les payans, embarrassés de leurs nouveaux droits, s'empresseraient de les abdiquer entre leurs mains; ils pensaient leur faire encore un peu peur et leur inspirer du respect par habitude. Mais vos pères suspectèrent ce beau dévouement de fraîche date, et se ressouvinrent

que ces mêmes hommes avaient été pendant des siècles
leurs ennemis ; ils ne s'en fièrent qu'à leur instinct , et
ils envoyèrent à la Constituante des représentants pauvres
et honnêtes qui avaient supporté avec eux le poids des
jours passés. Des millions d'hommes qui dépendaient encore des privilégiés comme fermiers, métayers et vassaux,
qu'on aurait pu croire influencés, intimidés par les me-
naces et les promesses des intendants, des procureurs,
des grands seigneurs, arrivèrent aux élections et nommèrent librement ceux que leurs doctrines rangeaient dans
la sainte ligue des pauvres et des victimes de la société.
Du reste, ils ne s'en rapportèrent pas entièrement à leurs
mandataires , et rédigèrent leurs volontés dans des ca-
hiers. Et voilà pourquoi vos pères furent libres et pourquoi la Révolution s'accomplit. Quelques-uns, dans leur
impatience, s'emportèrent et allèrent jusqu'à commencer
par la force la guerre contre les châteaux. Ils y recher-
chaient les parchemins qui consacraient les anciennes servitudes. Pour mieux atteindre les parchemins, ils brûlèrent
les forteresses où ils s'abritaient. Ce n'est pas ce qu'ils firent
de mieux, parce que quand on a raison et que la raison
triomphe, la violence donne presque tort à la raison.
Mais on avait tant perdu de temps à anéantir ces titres
de droits tyranniques qu'un des vôtres, un paysan, député à l'Assemblée nationale, qui ne parla qu'une fois,
put reprocher avec autorité au gouvernement de n'avoir
pas prévu cet incendie « en brisant les armes cruelles
« qui contenaient ces actes iniques, ravalaient l'homme
« à la bête, qui attelaient à la même charrette l'homme
« et l'animal. Soyons justes, ajouta-t-il avec force, qu'on

« nous apporte ces titres, monuments de la barbarie de
« nos pères. Qui de nous ne ferait un bûcher expiatoire
« de ces infâmes parchemins. »

La Révolution vous fit donc sortir de la servitude dans
laquelle, moins heureux que vous, avaient langui et
étaient mortes des générations de paysans. Elle fit plus,
elle vous fit propriétaires par la vente des biens nationaux,
après vous avoir donné l'entière disposition des terres
que vous possédiez déjà. Presque tous vous tenez votre
propriété de la Révolution.

Alors aussi la misère était grande, plus grande qu'aujourd'hui. L'industrie, le travail des villes étaient morts;
les ouvriers n'achetaient, faute de salaire, ni vos blés
ni vos fruits. Les nobles émigraient, vous menaçant de
rentrer bientôt en possession de leurs droits anéantis, avec
le secours de l'étranger, de l'étranger si, abhorré en
France de tous les cœurs généreux. Ceux qui restaient,
retirés sur leurs terres, menaçaient de près et écrivaient
à leurs fournisseurs, pour les dégoûter de la Révolution,
qu'ils ne reprendraient pas leurs dépenses, tant que les
beaux jours de la féodalité ne seraient pas revenus.

Et cependant, nul de ceux qui souffraient, ni les
paysans, ni les ouvriers, n'auraient voulu retourner en
arrière; car derrière il n'y avait pas d'espérance, et le
sourire de l'avenir brillait à travers les larmes du pré-
sent. Ils se disaient que tous les enfantements sont labo-
rieux et que leur vieillesse, leurs fils du moins recueille-
raient le fruit de ces douleurs passagères. Mais il n'en fallait pas moins nourrir ceux qui mouraient de faim, car tous
ces malheureux tendaient leurs regards et leurs bras vers

l'Assemblée, attendant d'elle leur salut. Où trouver des ressources ? On songea naturellement aux biens du clergé. Ces biens étaient immenses, ils comprenaient presque le cinquième de la fortune territoriale de la France. Mais mal cultivés, car ils dépassaient de beaucoup les besoins, ces riches domaines n'étaient sollicités de donner que ce qu'il fallait aux possesseurs d'abbayes pour entretenir leurs loisirs. Pourtant c'étaient là les biens des pauvres, c'était pour les pauvres, pour les nourrir et leur venir en aide, que les âmes charitables avaient établi de pieuses fondations, avaient fondé et doté les monastères, faisant ainsi les prêtres dispensateurs de leurs largesses. Le moment était venu pour les pauvres, ou il ne viendrait jamais, d'aller redemander aux portes des églises le pain quotidien du *Pater.* La charité publique pouvait donc reprendre au nom du peuple, maintenant que la société se faisait l'église terrestre, un dépôt détourné depuis longtemps de sa destination. Il ne s'agissait pas, du reste, de faire jeûner le clergé pour faire manger le peuple ; l'État se chargeait de pourvoir à son entretien et de rétribuer ses fonctions qui prenaient place dans le grand service du gouvernement ; il payait largement sa dette. Les gros prélats, les chanoines, y perdaient sans doute leur titre de hauts seigneurs temporels et se trouvaient ramenés à la mission de l'Évangile ; mais les curés de campagne, la plèbe du clergé, campagnards comme vous, y gagnaient en indépendance, en sécurité ; aussi applaudissaient-ils à cette prétendue spoliation.

Ces biens qu'on appela biens nationaux et qui l'étaient par leur destination primitive, représentaient quatre milliards; ils furent mis en vente, à bon marché parce qu'on était pressé de vendre et que les paysans, les naturels acquéreurs, n'avaient guère d'argent. L'État s'était également emparé des biens des émigrés, car il eût été par trop ridicule d'en laisser la propriété à ceux qui sans nul sentiment de patriotisme dans le cœur, servaient sous le drapeau de l'étranger contre la France. Les nobles les avaient reçus autrefois à charge de service militaire, à charge de payer l'impôt du sang au roi qui représentait dans les temps reculés la patrie, car pour la patrie elle-même, il est juste de dire que les nobles ne se crurent jamais engagés envers elle. Or, le roi, quoique ses vœux fussent peut-être ailleurs, était encore en France, et comme leurs ancêtres, les barbares d'outre-Rhin, les factieux de Coblentz menaçaient la vieille terre des Gaules d'une seconde invasion. Les traces de l'antique conquête, de la violente usurpation des Francs, allaient donc disparaître; les terres allaient revenir à leurs anciens possesseurs. Toutefois, la cause qui faisait vendre les biens nationaux faisait qu'on ne les achetait pas : le manque d'argent. Les paysans ne se hasardaient guère à acheter, quelque envie qu'ils en eussent. On les menaçait de l'excommunication, on leur faisait entendre que la Révolution vaincue, et elle ne pouvait manquer de l'être, les acquéreurs seraient dépouillés d'abord, puis punis. Les lots étaient aussi bien gros, et les délais pour payer étaient courts.

L'eau en venait pourtant à la bouche. Vos pères allaient voir et revoir quelque coin de terre qui aurait bien fait leur affaire; ils comptaient et recomptaient leurs vieilles pièces d'or et d'argent, calculant ce qu'ils pour-

raient en avoir pour ce prix. Ils en parlaient entre voisins, parfois se décidaient à se rendre chez quelque pro-
cureur, chez quelque homme d'affaires. Eh! monsieur
un tel, que n'achetez-vous? achetez donc, nous sommes
ici plusieurs du village qui en prendrions un peu. Les
paysans alliaient un peu de ruse à leur timidité, et ils
auraient été bien aises de se mettre derrière quelque
gros bonnet. Si les nobles étaient rentrés, le gros bonnet les eût cachés et eût payé pour tous. Les hommes d'affaires donnèrent l'exemple; il va sans dire qu'ils firent de
grandes fortunes en revendant par morceaux. Les paysans
achetèrent donc; à la première récolte, ils rentraient
souvent dans le prix d'achat. La terre, livrée au travail
passionné des nouveaux propriétaires, acquit une valeur
quintuple. Dès ce moment, vos pères furent irrévocable-
ment liés à la Révolution; ils l'avaient épousée en y asso-
ciant leur fortune, leur travail et leur vie. Ils savaient
bien que les rois et les nobles n'oublieraient jamais le
passé et que les acquéreurs perdraient à leur retour,
quelques-uns la tête, tous la liberté.

Aussi, il se fit presque alors un miracle. Les paysans,
dont on connaît l'horreur pour la guerre, leur répulsion
à quitter le village pour l'armée, se pressaient en foule et
avec joie aux enrôlements volontaires. Ils envoyaient
leurs fils à la frontière et se faisaient inscrire eux-
mêmes pour la première réquisition. L'honneur d'être
soldat passait avant toutes les préoccupations du moment,
et un décret de l'année 1791, qui organisait les gardes
nationaux, n'avait d'autre menace contre ceux qui quit-
teraient le drapeau avant un an, que celle de les priver

pendant dix ans du service militaire. Au mois de mars de l'année suivante, en dépouillant les registres des départements, on trouva inscrits déjà plus de six cent mille citoyens pour marcher à l'ennemi. Tous voulaient partir. Les frères en bas âge pleuraient pour suivre leur frère aîné. Les jeunes filles armaient leurs amants, comme autrefois les dames leurs chevaliers. C'est que tous sentaient qu'en allant combattre aux frontières de la France, c'était leur propriété aussi, le travail de leur père, la vie de leur femme, l'avenir de leurs enfants qu'ils allaient défendre. C'est la même raison qui les fit rester fidèles à l'Empereur, malgré tant de remplaçants achetés si cher, malgré la lassitude générale de la France. L'Empereur, c'était encore la Révolution continuée dans les résultats sociaux. Ils écoutaient les plaintes contre lui, ils y mêlaient parfois les leurs, mais au fond du cœur, ils le bénissaient, et l'ont toujours béni. Vous-mêmes qui venez, au 10 décembre, de donner par acclamation vos suffrages à un des neveux de l'empereur que vous ne connaissiez pas, qui n'avait avec son oncle de commun que le nom, à quel sentiment avez-vous obéi? Vous vous êtes rappelé peut-être les récits de vos pères qui confondant Napoléon avec la Révolution, vous dirent bien des fois que leur propriété et leur indépendance dataient de lui.

Vos pères durent aussi vous dire que, lorsque Napoléon tomba et que les Bourbons rentrèrent avec tous les revenants de Coblentz, ils furent bien inquiétés, que les nobles réclamaient leurs anciens domaines, et qu'il fallut leur donner un milliard d'indemnité. Quelques-uns même effrayés, au lit de mort, par la menace de l'enfer, firent abandon des biens acquis pendant la Révolution. La dépossession lente et astucieuse s'est continuée depuis jusqu'à nos jours. Ce n'est point, en effet, par les doctrines des communistes, des *partageux*, comme on les appelle, que votre propriété était le plus menacée, mais par les grands propriétaires, par les héritiers des anciens nobles qui, excités par les hommes de chicane, vous faisaient mille procès injustes. Vos titres ne sont généralement guère en règle, et ceux-ci faisant revivre d'anciens parchemins, d'anciennes chartes inintelligibles, trouvaient moyen de prouver que tel chemin bordant votre champ leur appartenait, que tel petit bois attenant au vôtre était une dépendance de leur terre seigneuriale. Les communes avaient surtout à souffrir de ces chicanes, et quantité de biens communaux sont revenus, par la complaisance des juges de Louis-Philippe, aux héritiers des anciens nobles. Si jusque-là ils avaient laissé telle commune faire du bois sur tel coteau, pâturer les troupeaux dans telle bruyère, c'était pure tolérance, disaient-ils. Tolérance! c'est-à-dire qu'ils avaient laissé faire, tant qu'ils ne pouvaient l'empêcher; mais quand venait le moment où ils se savaient sûrs de réussir, ils entamaient le procès et le gagnaient.

Eh bien! encore une fois, la Révolution est venue remettre l'homme dans les voies de la justice. La République vous a rendu le suffrage universel que vous aviez perdu sous l'Empire, sous la Restauration, sous la monarchie de Juillet, alors enfin que dominaient ceux qui se prétendent vos amis. La République a étendu à tous les Français le bienfait du vote qui était le privilége des riches payant 200 francs d'impôts, comme si la petite fortune chèrement achetée du pauvre n'avait pas, aux yeux du gouvernement, droit aux mêmes égards. La France, à la place du cœur, avait un sac d'écus. Voilà cependant que ces hommes, qui ont eu toutes les faveurs de la monarchie, qui en ont joui en jaloux, en avares, se serrant les uns contre les autres pour ne point laisser passer ceux qui venaient d'en bas, se servant de leur carte d'électeurs pour parvenir, eux et leur famille, à tous les honneurs, à toutes les places lucratives, repoussant les plus légères modifications à la loi électorale comme pouvant diminuer leurs chances de réussite; les voilà qui se mettent à vanter hypocritement ce suffrage universel qu'ils détestent, à vous choyer, à vous caresser, vous, nouveaux électeurs dont ils se rient, dans l'espoir que vous voudrez bien leur livrer encore le gouvernement du pays. Comme leurs pareils le disaient à vos pères en 89, ils vous disent qu'ils savent mieux que vous ce qu'il vous faut, quels sont vos intérêts. Si vous les laissez faire, ils vous persuaderont que vous avez tout à gagner à retourner au servage antique. Mais qu'ils manœuvrent, qu'ils intriguent, les renards ont beau se couvrir de peaux d'agneaux, on les reconnaît à la forte odeur qu'ils laissent après eux. Ne savez-vous pas que d'un arbre arraché, il reste toujours des racines et que ses racines vivaces portent les mêmes feuilles que le tronc primitif? Vous auriez beau greffer des prunes sur un chêne, il ne vous donnerait que des glands. Les légitimistes, les orléanistes, les régentistes, ne porteront jamais que la monarchie; or, qui adore une autre idole que le peuple, ne sera jamais votre défenseur.

Ils font profession de ne pas partager les opinions des républicains ; ah ! ils ont bien raison, les républicains se font honneur d'avoir toujours été en opposition avec eux. Il est facile de le voir.

Les républicains ont voté la réduction de l'impôt sur le sel, le sucre du pauvre, comme dit Béranger ; les légitimistes et les orléanistes ont voté pour le maintien des anciens droits.

Par contre, les monarchistes ont porté au double le traitement primitif du président de la République, qui était de 600,000 fr. Les républicains trouvaient que 50 mille fr. par mois était un assez beau denier et ont repoussé le chiffre de 1,200,000 fr.

Les républicains ont voulu que la taxe des lettres, fixée à un prix modique, fût uniforme pour toute la France, afin que les paysans et les ouvriers, qui n'ont guère d'argent, pussent échanger quelques paroles d'amitié et des conseils avec leurs fils et leurs parents éloignés, afin que le doux épanchement des sentiments de famille ne fût pas encore un privilége de la richesse ; les monarchistes, qui prétendent que les républicains veulent sacrifier les départements à Paris, ont voté pour l'ancien tarif, 15 et 20 sous pour une lettre, presque une journée d'ouvrier.

Les nobles, les anoblis, le parti dévot, toute la coalition enfin des privilégiés anciens, sous prétexte sans doute de vous éclairer sur les projets incendiaires des républicains, repoussent de vous la lumière, professent que vous avez tout intérêt à rester ignorants, et ne veulent pas de l'instruction pour le peuple, si ce n'est peut-être celle des *ignorantins.* Les républicains prétendent que dans un pays de suffrage universel, tout citoyen doit connaître ses devoirs pour exercer ses droits, que conséquemment l'instruction gratuite universelle est une des conditions premières de la République et que l'État doit la donner. Ils ne craignent pas la lumière pour leurs projets, pour leurs opinions, ils l'appellent. Il n'est pas d'usage de donner des cordes pour se faire pendre : croyez-vous que si nous avions quelque chose à cacher, nous voudrions vous donner des lunettes pour mieux voir? L'ignorance ne peut servir qu'à ceux qui l'exploitent.

Enfin les républicains veulent établir des banques de crédit agricole qui vous prêtent à petit intérêt et vous dispensent du remboursement; les monarchistes, dont ces banques ne feraient pas l'affaire, car ils vivent des gros intérêts, les repoussent. Cependant les usures vous écrasent. Trop souvent les années sont mauvaises, trop souvent vos bêtes meurent. Vous voulez dans les bonnes années acheter un petit pré, un petit champ pour vous arrondir, il vous faut emprunter. Qui vous prête? ce n'est pas le propriétaire comme vous, parce qu'il est timide et craint que, même avec une bonne hypothèque, il ne surgisse quelque créancier plus habile qui prime leur créance. Vous avez recours au prêteur de profession qui sent bien qu'il ne risque rien, mais se prévaut de vos difficultés. Vous empruntez donc à gros intérêts, quand la terre n'en donne que de petits. Chaque année augmente votre gêne, et le temps vient où l'on vous exproprie pour vous faire payer. On l'a dit avec raison, les écus finiront, si on n'y avise, par dévorer la terre. Les républicains voulaient, je le répète, vous faciliter le crédit; le répandre comme une irrigation féconde par mille canaux dans les campagnes ; leurs adversaires gagnent davantage à ce qu'il continue d'être un vent brûlant qui les dessèche.

Quels sont donc vos griefs contre les républicains ? vous n'en avez qu'un, un seul, toujours le même, les quarante-cinq centimes, que vous ne payerez plus, Dieu merci ! si vos nouveaux amis veulent consentir, ce qui n'est guère probable, aux réductions d'impôts exigées par les républicains. Du reste, vous avez un moyen facile d'y contraindre le gouvernement, ne nommez que des représentants partisans des économies.

Mais pourquoi, dites-vous peut-être encore, ces 25 francs par jour donnés aux représentants ? quand nous avons tant de peine à ramasser quelques écus dans l'année ? Pourquoi, parce qu'il n'y a pas de députés plus chers que ceux qu'on ne paie pas, et le gouvernement de Louis-Philippe savait bien ce que lui coûtait la complaisance des chambres, en places, en priviléges de tout genre. Pourquoi ? pour que la représentation ne soit pas encore un privilége en faveur des riches, qui étant, grâce à leurs revenus, à l'abri des besoins, pourraient seuls franchir le seuil des assemblées législatives, ignares ou savants, corrompus ou honnêtes, usuriers ou hommes de bien ; pour que les pauvres qui ont du talent, des connaissances, de l'activité, de l'honneur, puissent vivre et ne pas s'inquiéter de leur existence de chaque jour pendant qu'ils travaillent aux affaires de l'État. La France doit nourrir ses législateurs. Hors de là, il ne peut arriver que ceci : ou les hommes d'une fortune modeste ne pourront être représentants, ou s'ils le sont, ils n'auront que l'alternative d'abandonner les affaires publiques pour faire les leurs, ou de trafiquer de leurs votes avec les ministres, toujours prêts, quels qu'ils soient, à les payer. Et cependant, malgré ces raisons, je crains bien que le vieux proverbe : L'eau va toujours à la fontaine, ne dise vrai, et que vos suffrages ne fassent tomber ces vingt-cinq francs par jour dans la poche des riches.

— Ce n'est pas tout, et je vous entends. Vous voulez me parler encore des communistes, des partageux? eh bien oui, disons-en un dernier mot. On vous a fait accroire que les républicains en voulaient à vos terres; on vous les a montrés tout prêts à descendre en armes dans les campagnes pour vous voler vos champs et vos vignobles. Vous voler vos champs, grand Dieu ! et qu'en feraient-ils ? Cela était bon aux barbares, aux nobles qui, usurpant la terre des Gaules sur leurs anciens possesseurs, firent du haut de leurs châteaux travailler pour leur compte les populations asservies. Le communisme a existé, vos pères en ont connu l'affreux despotisme; vos amis les légitimistes sont les héritiers de ce système. Il existe encore chez les Turcs et chez les nations barbares ou sacerdotales; il a existé enfin dans les couvents. Pour le trouver chez nous, il faut se tourner vers le passé, il n'est pas dans l'avenir.

— Croyez-vous donc que les républicains vont quitter le séjour des villes, qu'ils aiment, pour venir prendre vos fatigues, vos travaux, votre vie si dure sous le soleil et la pluie. Vous oubliez donc que vous-mêmes avez quelquefois porté envie à ces ouvriers des villes qui ont bien aussi leur misère, mais gagnent un salaire supérieur au

vôtre, et ont toujours quelques sous dans leur poche
pour abattre dans le gosier la poussière du jour. Ne
voyez-vous pas tous les jours quelques-uns des vôtres,
déserteurs des champs, prendre la route des villes; et
vous croyez que, subitement épris des plaisirs champêtres, les républicains vont accourir vous arracher la
charrue des mains, se mettre à conduire les bœufs, fou-
ler le raisin dans les cuves? Ah! ils savent bien que la
France mourrait bientôt de faim si vous ne cultiviez pas
la terre, si vous n'étiez pas propriétaires des champs auxquels vous attachent vos sueurs mêmes et vos travaux
commencés. Et puis, voulez-vous que je vous dise ce
qui reviendrait à chacun, si on partageait la terre de
France entre tous les Français? Le revenu total en fruits
de consommation, blés, vins, etc., est de six milliards
six cent quinze millions, sur lesquels il faut prélever
l'impôt. La population de tout le territoire est de trente-
six millions d'habitants. Faites le compte, vous trouverez
pour chacun 183 fr. 75 c. par an, ou 50 centimes par
jour. L'industrie traite un peu mieux ceux qui s'en occu-
pent : elle donne une moyenne de 60 centimes.

Vous le voyez donc, vos prétendus amis vous trom-
pent et veulent vous faire peur. Ce qui m'étonne le plus
dans tout ceci, ce n'est pas leur audace à vous raconter
de pareilles niaiseries, mais votre facilité à les croire. Le
communisme à craindre, c'est le communisme par l'impôt. Que vous importe qu'on vous laisse la terre, si on
vous prend les revenus? Les anciens nobles aussi laissaient la terre à vos pères; ils les y attachaient par mille
liens despotiques, de peur qu'il ne leur prît envie de la

quitter ; mais les fruits étaient portés au château. Mais, Dieu merci, il n'y a plus de serfs sur la terre de France, trop belle pour être livrée à des mercenaires qui se courberaient en ricanant vers elle pour y ramasser leur salaire. Les républicains aiment trop la liberté pour ne point vouloir l'indépendance du travail, pour ne pas vouloir la propriété qui en est le résultat, et aussi la sauvegarde de la personnalité. La propriété est comme la continuation de l'individu, car ce que l'homme crée est encore lui, ce sont ses facultés, son énergie prenant forme et corps au dehors de lui.

Le communisme à craindre, je vous le répète, ce n'est pas le communisme par le partage, mais le communisme par l'impôt et aussi par l'usure, par l'absorption des écus. Par l'impôt, vous l'avez compris ; par l'usure, c'est tout aussi évident. Les biens ruraux ne rendent guère que 2 à 3 pour cent de revenu ; pour l'argent que vous empruntez vous payez 5, et le plus souvent davantage. Le compte est clair : c'est une dépréciation de 2 ou 3 pour cent que l'emprunteur subit par année. A ce train-là, la terre ne peut manquer d'appartenir avant peu à ceux qui ne la cultivent pas, et de passer entre les mains du capital.

Que faire donc pour venir au secours de la propriété menacée ? Faire que le paysan trouve l'argent à un meilleur taux, et qu'après un certain temps sa propriété, au lieu d'être mangée par les gros intérêts, se trouve au contraire dégagée d'hypothèques. Ceci n'est point une utopie, un rêve irréalisable, une conception de songe-creux. La chose existe en Écosse, en Allemagne. Le problème y a été résolu par les banques agricoles. Depuis plus de vingt ans, les démocrates, les amis réels des paysans, en prêchent l'établissement en France ; mais les monarchistes, ces Don Quichottes de la famille et de la propriété qui ont tenu jusqu'ici le pouvoir, ont obstinément combattu ces banques. Toujours les démocrates ont rencontré devant eux le mauvais vouloir des hommes de finance et d'impôts, qui vivent d'abus et des difficultés du crédit.

Le principe et le mécanisme de ces banques sont bien simples. Les propriétaires d'une province ou d'un canton s'associent pour garantir sur tous leurs biens l'emprunt que pourra faire l'un d'eux. On estime d'abord les biens des associés, et le propriétaire ne peut emprunter que pour la moitié ou les deux tiers de la valeur totale de son domaine. Car si l'emprunteur venait à ne pas servir les intérêts, qu'on fût obligé de procéder à son expropriation, l'association pourrait s'exposer, vu les frais de poursuite et l'avilissement du prix des terres, à supporter les pertes résultant d'un prêt trop considérable. Ce cas se présente rarement.

Maintenant il est bien évident que l'association, qui a de grandes garanties à offrir et des agents à la piste des capitaux oisifs, trouvera plus facilement à emprunter que ne pourrait le faire un de vous isolément ; d'un autre côté, l'association travaillant au profit de tous les associés, les bienfaits de cette facilité de crédit tournera au profit de chacun. Voici ce qui a lieu en Allemagne. L'association emprunte aux capitalistes à quatre pour cent et prête aux associés à cinq. La société gagne donc un pour cent,

sans que l'emprunteur particulier paie plus cher, aussi
cher même que s'il empruntait directement. Cet un
pour cent capitalisé tous les six mois et entrant dans la
caisse de prêt sert à amortir le capital prêté à l'associé ; de
sorte que l'emprunteur qui a servi exactement l'intérêt
pendant quarante-un ans, se trouve ne devoir plus ni
intérêt ni capital et que sa propriété est libérée d'hypothèque. C'est presque le jubilé de l'ancienne Judée,
plus significatif que ceux que vous avez vus sous la Restauration, jour de joie en effet où toutes les dettes étaient
remises et où chaque juif rentrait dans son ancienne
possession. Il va sans dire du reste qu'à toute époque de
la durée de sa dette, l'emprunteur peut se libérer en
payant la partie du capital qui reste à amortir de cette
époque à celle de l'extinction totale, qu'il peut arriver
aussi plus tôt à cette extinction en payant en dehors de
l'intérêt une prime de un ou d'un et demi pour cent.

L'avantage des propriétaires est donc clair ; le capi-
taliste pourtant n'y perd rien. En donnant son argent
il reçoit une inscription d'hypothèque ou générale sur
l'association, ou particulière sur les biens de l'emprunteur. Cette inscription est un véritable billet de banque
à échéance qui vaut de l'argent pour le détenteur, peut
circuler et circule en effet à ce titre en Allemagne où elle
gagne même une prime. Dans le cas où l'inscription n'aurait pas la forme d'un billet au porteur, elle serait facilement transmissible et négociable.

Les services que rendraient ces banques seraient immenses, car c'est de crédit surtout que la France a besoin ;
ses douze milliards de dettes hypothécaires l'attestent. Il

serait grand temps que le gouvernement, qui jette tant de millions pour la construction des monuments, pour les chemins de fer, pour l'industrie, fît aussi quelque chose pour l'agriculture. L'État, sans avoir recours aux contribuables, pourrait organiser le système de ces banques, les doter, et par cette dotation se créer un revenu qui avec le temps remplacerait l'impôt en partie.

Et maintenant, paysans, que vous connaissez votre passé, que vous avez suivi, à travers les stations de quinze siècles, la trace des douleurs et des misères de vos pères, que vous avez vu combien coûtait cette liberté dont vous jouissez, que vous avez enfin pu apprécier ce qu'ont fait pour vous les légitimistes, les nobles, les émigrés, ce qu'ils faisaient hier encore et ce qu'ils feraient demain, décidez vous-mêmes où sont vos amis.

FIN.

IMPRIMERIE CLAYE ET TAILLEFER,
RUE SAINT-BENOÎT, 7.

www.ingramcontent.com/pod-product-compliance
Lightning Source LLC
Chambersburg PA
CBHW060804180626

46818CB00002B/695